AF500056

JEAN AICARD
de l'Académie française

LE TÉMOIN

— 1914-1916 —

A la guerre, tout est force morale.

NAPOLÉON.

Courage, j'ai vaincu le monde.

JÉSUS-CHRIST.

PARIS
ERNEST FLAMMARION, ÉDITEUR
26, RUE RACINE, 26

LE TÉMOIN

ŒUVRES DE JEAN AICARD

Collection in-18 jésus à **3** *fr.* **50** *le volume*

ROMANS

Le Pavé d'Amour . . . . 1 vol.
Roi de Camargue. . . . . 1 vol.
L'Été à l'Ombre. . . . . 1 vol.
L'Ame d'un Enfant. . . . . 1 vol.
Notre-Dame d'Amour . . . . 1 vol.
Diamant noir. . . . . 1 vol.
Fleur d'Abime . . . . 1 vol.
Melita. . . . . 1 vol.
L'Ibis bleu . . . . 1 vol.
Tata. . . . . 1 vol.
Benjamine . . . . 1 vol.
Maurin des Maures . . . . 1 vol.
L'illustre Maurin. . . . . 1 vol.

POÉSIE

Les jeunes Croyances. . . . . 1 vol.
Rébellions, Apaisements. . . . . 1 vol.
Poèmes de Provence (cour. par l'Acad. fr.) . . . . 1 vol.
La Chanson de l'Enfant (cour. par l'Acad. fr.) . . . . . . 1 vol.
Miette et Noré (cour. par l'Acad. fr. Prix Vitet). . . . . 1 vol.
Lamartine (cour. par l'Ac. Prix du budg.). . . . . 1 vol.
Le Livre d'heures de l'Amour . . . . 1 vol.
Visite en Hollande. . . . . 1 vol.
Le Dieu dans l'Homme. . . . . 1 vol.
Au Bord du Désert . . . . 1 vol.
Le Livre des Petits. . . . . 1 vol.
Jésus . . . . 1 vol.

THÉATRE

Au clair de la Lune (un acte en vers) . . . . 1 vol.
Pygmalion (un acte en vers). . . . . 1 vol.
Smilis (4 actes en prose, à la Comédie-Française). . . . . . 1 vol.
Le Père Lebonnard (4 actes en vers représentés à la Comédie-Française) . . . . 1 vol.
Don Juan. . . . . 1 vol.
Othello, le More de Venise (5 actes en vers, représentés à la Comédie-Française). Portrait de Mounet-Sully, par Benjamin Constant. . . . . 1 vol. 4 fr.
La Légende du Cœur (5 actes en vers représentés au Théâtre Antique d'Orange et au Théâtre Sarah-Bernhardt) . . . . . 1 vol.
Le Manteau du Roi (5 actes en vers représentés à la Porte-Saint-Martin) . . . . 1 vol.
Théâtre, tome I.
Théâtre, tome II.

77572. — Imprimerie Lahure, rue de Fleurus, 9, à Paris.

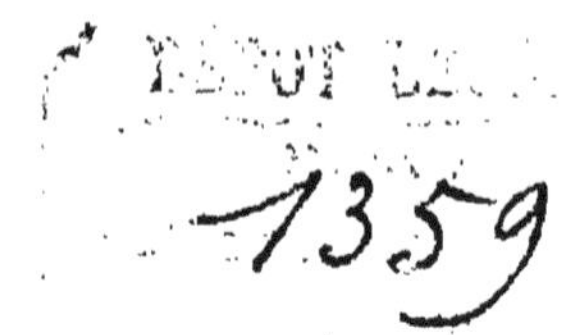

JEAN AICARD
de l'Académie française

LE TÉMOIN

— 1914-1916 —

A la guerre, tout est force morale.

NAPOLÉON.

Courage, j'ai vaincu le monde.

JÉSUS-CHRIST.

PARIS
ERNEST FLAMMARION, ÉDITEUR
26, RUE RACINE, 26

A MA SŒUR

MADAME JACQUELINE LONCLAS

morte le 12 juin 1915

Chère grande sœur,

J'avais commencé ce poème en 1913, *et je t'en ai lu les douze premiers chants en* 1914, *à la veille de cette guerre, qui, toute une année, fut ton tourment. Elle te fit dire, le jour où l'on t'apprit qu'un de nos jeunes amis était tombé sous les balles allemandes : — « Je sacrifierais volontiers le temps qui me reste à vivre, si ma mort pouvait sauver pareille jeunesse ! » Je sais pourtant avec quel chagrin tu te sentais arrachée lentement à mon infinie tendresse....*

Ce poème, dont la guerre a modifié le plan, sans rien modifier des conclusions, je te le dédie, comme je t'ai dédié tous mes ouvrages, — car la mort ne m'a pas séparé de toi : ton âme plus que jamais inspire et soutient la mienne.

JEAN AICARD.

La Garde (*Var*), *Décembre* 1915.

CE POÈME A ÉTÉ LU

POUR LA PREMIÈRE FOIS

A BORD DU CUIRASSÉ PROVENCE

EN PRÉSENCE DE MM. LES OFFICIERS RÉUNIS

LE 30 DÉCEMBRE 1915

ET

LES DEUX STROPHES SUIVANTES

EN SOUVENIR D'UNE COMMUNE ÉMOTION

ONT ÉTÉ COMMUNIQUÉES

A L'ÉQUIPAGE

PUIS INSCRITES

D'UNE FAÇON DURABLE

A BORD DU CUIRASSÉ.

AU CUIRASSÉ PROVENCE

TON PAVILLON ET TON CANON,
JE LES VOIS VAINQUEURS PAR AVANCE,
FIER VAISSEAU QUI PORTES LE NOM,
L'AME ET LE NOM DE LA PROVENCE.

AME FRANÇAISE, NOM LATIN,
C'EST LÀ DEUX GRANDEURS DE L'HISTOIRE;
ELLES T'ASSIGNENT TON DESTIN :
TU VAS NAVIGUER VERS LA GLOIRE.

J. A.

TABLE DES TITRES

LE TÉMOIN

I

C'était l'heure où, les yeux et le cœur pleins de doute,
Le marcheur devant lui voit s'effacer sa route,
Et, serrant son bâton comme une arme en sa main,
Cherche un gîte où dormir, en espérant demain.

C'était l'heure où l'on sent sa lassitude, l'heure

Où l'on sent mieux qu'il faut que toute chose meure;
Heure auguste, où le froid qu'exhalent les tombeaux
Mêle une inquiétude au désir du repos,
Submerge les contours et les couleurs des choses,
Et, de la plaine, aux pics neigeux, saignants et roses,
Marée étrange, monte — et, lourde de sommeil,
Couvre sur l'horizon la gloire du soleil.

Aux temps païens, quand sur nos chemins tombait l'ombre,
Quand les astres, qui sont les figures du Nombre
Et du Rythme, un à un, s'allumaient dans le ciel,
Les dieux, termes concrets de l'immatériel,
Muses, nymphes, tritons, les grâces et les forces,
Lentement s'échappaient des rochers, des écorces,
Et des mers, pour charmer les soirs mystérieux....

L'approche de la nuit était l'heure des dieux.

Heure infinie, affreuse et tranquille, pareille
A celle où, se parlant de Jésus, mort la veille,
Deux pèlerins, dont l'un se nommait Cléophas,
Sur la route déserte où résonnait leur pas,
Dans la lente ténèbre où, sans voir, l'œil devine,
Virent soudain près d'eux, ombre humaine et divine,
Un inconnu surgir, étrange compagnon
Dont ils sentaient l'amour sans connaître son nom.

II

C'était cette même heure, et, venant de la ville,
Je regagnais mon champ, la maison, mon asile,
D'un pas de plus en plus inquiet et pressé,
Quand, devant moi, parut, spectre obscur et lassé,
Un mendiant très vieux, qui portait à grand'peine,

Tout seul, toute l'horreur de la misère humaine.
Malgré l'ombre, où mourait encore un peu du jour,
Je le voyais pliant sous ce fardeau trop lourd.
Un bâton soutenait l'effort de son courage;
Et, fouettant son manteau déchiqueté par l'âge,
Sa barbe aux flots tordus semblait, drapeau vivant,
Un haillon de douleur que déchire le vent.

III

Un vieil usage veut, au pays de mes pères,
Que, le soir, quand les loups sortent de leurs repaires,
On souhaite la paix aux passants inconnus.
Donc, lorsque je joignis ce vieillard aux pieds nus,
Je formulai le vœu qu'un salut accompagne,

Puis j'ajoutai : — « L'orage assombrit la campagne;
Allez-vous loin, par ces chemins très écartés?
Je puis — le voulez-vous? — marcher à vos côtés. »

— « Soyez remercié, bon passant, mais j'ignore,
Chaque soir, en quel lieu me trouvera l'aurore :
Marcher ce soir, demain, toujours, c'est mon destin;
Et j'arrive du fond d'un passé si lointain
Que ma lassitude est sans mesure; je porte
Tous les maux et l'espoir de l'humanité morte. »

— « Vous ne m'étonnez point, car moi-même, ô passant,
Je me plains comme vous parfois; en vieillissant,
On croit porter en soi l'âme même du monde;
On sent partout la noire éternité profonde;
On a tout vu, tout lu, tout souffert, on est las,
Et le vœu de mourir alourdit tous nos pas. »

Je dis, et regardai mon compagnon de route;
Son dos, quoique bombé comme l'arc d'une voûte,
Maintenant semblait jeune et ses pas résolus,
Et je ne sais pourquoi je ne le plaignais plus :
On l'eût dit plein de force, et que son âme seule
Portât l'expérience et l'âge d'une aïeule,
Quand son corps résistait sans peine au poids des temps.
A chaque pas, ses pieds, tout à l'heure hésitants,
Plus raffermis, semblaient prendre, par un mystère,
Un élan de jeunesse au contact de la terre.

Il me dit : — « De quel droit un dégoût si profond?
L'œuvre lente et sans fin que de longs siècles font,
Aucun siècle n'en voit au loin toute la trame :
Un instant, joie ou peine, occupe seul votre âme,
Comme le site étroit, dans un bois spacieux,
Fourré sombre ou clairière, occupe seul nos yeux. »

IV

Il dit. Nous cheminions dans la longue vallée,
Sous la nuit orageuse et comme désolée.
Au ciel, pas un éclair, pas un petit point d'or;
Le mont pourtant s'y découpait plus noir encor;
Nos sentiers rocailleux, contournant la montagne,

Étaient noirs ; pas un feu, dans toute la campagne,
N'annonçait la douceur des asiles humains ;
Et la nuit transformait en gouffres nos chemins.

Il dit : — « Que souffre-t-on qui soit plus qu'une peine,
Tant que l'on n'a vécu rien qu'une vie humaine? »

— « C'est avoir tout souffert qu'avoir subi l'amour,
Dis-je ; c'est l'éternel enfer en un seul jour!
Né du désir, toujours déçu, de tout connaître,
L'amour, faux prometteur de joie, attire un être
Comme l'aimant fatal attire un brin de fer.
L'amour, qui soumet l'âme aux frissons de la chair,
Et nous fait accepter l'horreur de nous survivre,
Est un vin traître dont l'odeur vireuse enivre.
L'homme, meilleur que Dieu, voudrait, mais veut en vain,
Mêler aux âpretés de ce perfide vin

Un miel que la nature ignore : la tendresse;
Seules, les voluptés sont donneuses d'ivresse,
Et, fier de piétiner des flancs nus, de beaux seins,
Comme le vendangeur écrase les raisins,
L'amant ivre, brutal et cruel par nature,
Sans pitié comme Dieu, foule la créature!
La tendresse eût voulu poser, comme une sœur,
Sur un front douloureux son charme de douceur;
Le dévoûment, son baume apaisant sur la plaie;
Mais devant la laideur, le lâche amour s'effraie
Et se détourne... il faut des corps neufs au désir!
Le Minotaure, entre les vierges, veut choisir,
Et ce dragon, aussi nombreux que nous le sommes,
Renaît sans cesse au cœur des femmes et des hommes,
Et la moitié du monde, en un rut sans pitié,
Férocement affronte et mord l'autre moitié!
A peine si, parfois, un tendre et triste couple
Par les sentiers perdus s'enlace d'un bras souple;
Les autres, se roulant à terre, n'ont en eux

Que des tourments jaloux et des amours haineux ;
Et telle, subissant la destinée aveugle
Qui livre au taureau fou la génisse qui meugle,
La vie en gémissant se terrasse et se mord,
Et s'enfante à jamais pour l'amour et la mort! »

V

— « Parmi les maux sans fin dont l'éternité pleure,
Enfant, tu n'as souffert que les tiens, et qu'une heure ! »

Je lui dis : — « J'ai souffert aussi les maux d'autrui :

Comme l'humanité, je traîne, dans la nuit,
Sous le ciel dont l'affreux silence nous menace,
Un reste douloureux d'espérance tenace.
Oui, j'espère en un rêve auquel je ne crois pas,
Et le vœu de mourir alourdit tous mes pas.
Il sera doux, l'instant où la morne inconnue
Entre ses bras terreux dissoudra ma chair nue;
Où ma chair cessera de redouter l'amour;
Où, ne regrettant rien, qu'un peu l'éclat du jour,
Je dormirai content de ne plus voir l'envie,
Acharnée et mordant sur la plus belle vie,
Insulter ou nier les plus nobles efforts.

« Oui, j'appelle à grands cris la paix, la paix des morts,
Puisqu'il n'est pas d'amour certain ni de justice!
Oui, j'invoque le pur néant, seul dieu propice!
Un Autre avait promis à ce monde d'effrois
Qu'il viendrait apaiser les peuples et les rois,

Les courber sous sa main, les unir sous son règne ;
Mais Celui-là n'est plus qu'une image qui saigne
Et montre à l'univers un flanc déchiqueté !
Son cœur n'est qu'une plaie ouverte à son côté,
Et c'est comme une bouche effroyable et plaintive
Qui crie en vain : « Seigneur ! que votre règne arrive ! »
Rien, rien ne lui répond, qu'un silence infini,
Le même au Golgotha que sur Gethsémani !
Il s'est trompé, Celui qui disait : « Paix sur terre ! »
Sur le mont déserté la croix est solitaire ;
La Guerre à l'œil de brute, au front dur et têtu,
Piétine, dans le sang, sur le temple abattu !
Les vrais rois sont ceux-là qui, brandissant l'épée,
Fouaillent comme un troupeau l'humanité dupée ;
Le monde horrible attend les pires lendemains ;
La haine arme partout les enfants des humains ;
Les femmes, autrefois des mères attendries,
Contre l'antique époux se dressent en furies ;
Et Celui qui promit au monde la pitié,

Aux mains des flagellants n'est qu'un fou châtié !
Il est traqué, raillé, chassé de tous ses temples,
Exemple mémorable, entre tous les exemples,
De l'inutilité d'avoir, — seul, au milieu
Des hommes vils, — la grâce et la beauté d'un Dieu ! »

VI

A ces mots, tout le ciel craqua comme une voûte
Qui tout à coup s'entr'ouvre en se lézardant toute;
Et des gouffres de feu parurent au travers,
Par des trous aussitôt refermés qu'entr'ouverts.
L'occident noir poussait, au-dessus de nos têtes,

Les nuages, coursiers qui, fouettés des tempêtes,
Paraissaient secouer des flammes dans leur crin;
Sous leur galop, le ciel fut comme un pont d'airain
Qui vibre en sons profonds qu'un écho sourd prolonge;
Et, tout haut, malgré moi, je disais, comme en songe :

— « N'est-il pas fou, ce dieu, — quand tout doit démentir
Sa doctrine, sa vie et sa mort de martyr,
(Et qui le sait! et qui connaît la race humaine!)
D'annoncer aux humains sa victoire certaine?
A peine intelligible à notre humanité,
N'est-il pas fou de croire à l'homme racheté?
Fou de croire qu'un jour tous iront dans sa voie?
Et sa mort, — au sommet d'un mont, pour qu'on la voie
De tous les horizons, — sa mort sur ce haut lieu,
N'est-elle pas vraiment la défaite de Dieu?
Elle est la grande preuve, éclatante, achevée,
Qu'en lui l'amour ne fut qu'une splendeur rêvée!

O Golgotha! sommet de honte! pilori
Où l'unique Bonté jette en vain son grand cri!
Monument d'infamie, où l'illusion sainte
Pousse éternellement son inutile plainte!
Trône où l'Envie, assise, heureuse, fouet en main,
Incarnant tout le lâche et hideux genre humain,
Tient sa cour de bourreaux, qui ricane autour d'elle!
Piédestal odieux de la haine immortelle
Qui brandit, en riant, les marteaux et les clous!
Autel où l'agneau blanc s'offre en victime aux loups!
Comment peux-tu paraître à l'humaine mémoire
La cime où Dieu le Juste achève sa victoire?
La justice avec lui fut roulée au linceul;
On entrevoit l'amour dans le rêve d'un seul,
Mais on veut oublier l'abandon des apôtres :
Le renîment de Pierre et la fuite des autres.
Et deux mille ans plus tard, ô Jésus mort pour nous,
On cherche sous ta croix un fidèle à genoux;
Car les pharisiens, qui font semblant de croire

A ton pouvoir d'amour, le savent illusoire.
Le bataillon sacré, tes chevaliers, soutiens
Du trône et de l'autel, ces deux pôles chrétiens,
Ceux-là, les prétendus servants de ta doctrine,
Qui la disent encore efficace et divine,
Ceux qui t'appellent Dieu de pitié, Dieu le Fils,
Et brodent saintement ta bannière de lys,
Tes derniers pèlerins, à peine quelques hommes,
Nous connaissant mauvais et vils, tels que nous sommes,
Tout en te proclamant vainqueur, ô dieu vaincu,
Voient bien qu'en vain leur dieu sur la terre a vécu
En homme, — et que ta mort n'a pas sauvé les mondes!
Et t'invoquant toujours, sans que tu leur répondes,
Ils appellent sur nous, châtiment mérité,
Un dieu-soldat, l'épée en main, casqué, botté,
Qui foule, sous des pieds sanglants, l'âme elle-même,
Pour être, et non plus toi! le chef, le dieu suprême.
... Tes espoirs infinis sont-ils assez déçus!
Quelle erreur fut égale à la tienne, ô Jésus!

Oh ! si du moins, quand sur ton gibet ton sang coule,
Un seul cri de pitié s'élevait de la foule !
Mais qu'espérais-tu donc de ce peuple au cœur bas ?
Son ami n'est jamais Jésus ; c'est Barrabas !
Mendiant de pitié sans pitié pour lui-même,
Il ne sert pas l'amour et demande qu'on l'aime !
A peine si le bon pasteur sauva parfois
Quelque errante brebis accourue à sa voix ;
Le reste n'obéit qu'au chien puissant qui gronde ;
Et, veule, piétinant dans sa fange profonde,
La foule est un troupeau qui bêle vers la mort !
Que si, rebelle un jour aux caprices du fort,
Un peuple, en justicier, tout à coup se redresse,
Lui qui, dans l'esclavage, invoquait ta tendresse,
Lui, doux vaincu d'hier, devient un dur vainqueur !
Dès qu'il a la victoire au nom des droits du cœur,
En hâte il les abjure, et sous ses pieds les broie :
Le doux agneau bêlant devient bête de proie.
Et c'est ainsi toujours qu'un juste révolté

Rend aux tyrans déchus un droit d'iniquité.

« Ta statue était d'or avec des pieds d'argile,
Christ! Deux mille ans après l'aube de l'Évangile,
Tes prétendus chrétiens, sur l'univers à feu
Et à sang, blasphémant l'humanité de Dieu,
Relèvent Sabaoth, que leur folie adore,
Et dont la rouge gloire efface ton aurore!
Il s'est aussi fait homme; il est le dieu rival;
Tu passais sur un âne : il te nargue à cheval!
Les hommes fascinés, glorieux dans la honte,
Baisent les durs sabots de la bête qu'il monte.
C'est lui que l'on invoque à toute heure et partout;
Son image de bronze est la seule debout;
Tout puissant ou martyr, lui qu'en tremblant on nomme,
C'est lui qu'on voudrait être ou subir : le surhomme,
Napoléon! C'est lui, lui seul, le roi des rois!
En un hochet de guerre il a changé ta croix;

Et nul n'en peut parler, sans qu'une voix réponde :
« C'est lui le vrai sauveur, le vrai maître du monde!
« C'est lui le dieu d'hier et le dieu de demain,
« Qui règne et tient le globe étoilé dans sa main.
« Il ressuscitera selon la prophétie;
« C'est le mort qu'on attend toujours, le vrai Messie.... »

« J'ai tout vu, j'ai tout lu, tout souffert; je suis las,
Et le vœu de mourir appesantit mes pas.... »

VII

— « Un livre, dit le vieil homme, est l'ombre d'un songe
Où, sans voix ni couleur, le passé se prolonge.
Ce sont des siècles, non des livres, que j'ai lus :
Bien des maux sont soufferts — que l'on ne verra plus. »

Quand il se tut, la foudre errait encor, lointaine ;

Puis un éclair muet illumina la plaine.
Le vent faiblit; sous des nuages moins épais,
Les grands bois frissonnants sentaient venir la paix.

Il dit :
— « Je vois encor Jésus, devant ma porte,
Tomber sur ses genoux avec la croix qu'il porte.
Croyant son œuvre folle et son martyre vain,
Moi, fou, j'ai comme vous raillé l'homme divin.
Lui, ne m'a point maudit; il n'a maudit personne,
Étant toujours celui qui bénit et pardonne,
Mais il m'a regardé de son regard touchant,
Doux à qui le menace et tendre au plus méchant,
Et ce regard disait : « Tout passe : je demeure.
« Comment juger les temps, lorsqu'on ne vit qu'une heure?
« Je n'ai pas mérité ton rire et ton affront...
« C'est pourquoi tu vivras, quand les siècles mourront;
« Ainsi tu pourras, fût-ce après deux mille ans d'âge,

« Vieux comme un monde, ô Juif, me rendre témoignage.
« Tu marcheras sans halte, et partout, de tes yeux,
« Partout tu pourras voir mon pas mystérieux.
« Tu ne t'arrêteras, mort, dans ma paix profonde,
« Que le jour où j'aurai soumis l'âme du monde. »

Et qui pourtant portait un monde, comme Atlas,
Ayant levé le front, parut grandir encore.
Je songeai : « Ce n'est point Atlas, c'est Christophore !
Il porte un souvenir plus lourd qu'un Christ-enfant,
Un dieu qu'on dit vaincu, mais qu'il croit triomphant ;
Vingt siècles de combats pour la croix ou contre elle.... »

Il reprit, de sa voix calme et surnaturelle :

— « Je marche sans repos, pour être le Témoin.
Derrière moi, le jour où je partis est loin,
Plus loin peut-être encore est devant moi ma halte;
Mais ma foi dans le jour qui m'est promis, m'exalte,
Et lorsque, par moments, les peuples plus heureux
Ont des princes moins durs ou moins de haine entre eux,
Alors, je sens venir la paix, et, comme une onde,
En mes veines courir la jeunesse du monde;

Un jeune espoir joyeux marche avec mes pieds lents;
Pour le monde et pour moi, qu'est-ce que deux mille ans?
J'ai deux mille ans, j'ai vu Lutèce et les deux Rome,
Et les hommes mourir, mais vivre et grandir l'Homme,
Car l'Homme a la durée et chacun n'a qu'un jour.
Les générations font, chacune à son tour,
En criant vers le ciel, leur chemin vers l'abîme...
Or, tout mortel, n'ayant que sa minute infime,
Nomme ses moindres maux le comble des malheurs,
Et ne reconnaît pas si les temps sont meilleurs;
Mais moi qui mesurai les horreurs de la vie
Sur la route au tombeau par vingt siècles suivie,
Moi qui raillai Jésus tombé sur le chemin,
Je sens mon cœur plus large et l'homme plus humain.

« Qui laisserait Jésus, à l'époque présente,
Cheminer sans secours sous la croix écrasante?
Depuis l'heure où le grand crime fut accompli,
La croix n'est-elle pas un supplice aboli?

Le juge, en condamnant, n'est-il pas moins sévère?
Les fils du bon larron béni sur le Calvaire
Connaissent-ils encor l'in-pace ténébreux?
Les engins de terreur, toujours dressés contre eux,
Coins et poires d'angoisse, et toutes les tortures?

« La loi se fait clémente aux pires créatures;
L'arbre infâme est en fleurs... L'ombre est douce, ô mon fils,
Qui sur nous et sur tous — tombe du crucifix. »

IX

Sur les pics où le bord du firmament repose,
Une lente lueur, blanche d'abord, puis rose,
Ondulante, marqua les lignes d'horizon.
Et, devinant au loin le toit de ma maison :
— « Le repos nous attend sur ma terrasse haute,

Lui dis-je, sous la treille où vous serez mon hôte. »

Lointain, les yeux perdus, il ne m'écoutait pas,
Et c'est son rêve seul qu'il suivait à grands pas.

— « L'amour, dit-il (et sa voix grave était plus grave),
C'est le maître insolent qui deviendra l'esclave.
Les loups dans les forêts, les ours, même les cerfs,
Et, dans les sables roux, les lions des déserts,
Avec des cris haineux, pris de fureur jalouse,
Bramant ou rugissant d'amour, mordent l'épouse;
Les hommes font comme eux, et leurs désirs grondants,
Fauves hargneux, ne sont que griffes et que dents.
La griffe rétractile, ayant guetté, veut prendre;
La dent se réjouit d'entrer dans la chair tendre;
Qu'importe au cerf ardent, lascif et furieux,
L'inutile refus de la biche aux grands yeux?

En proie au faux amour, l'âme en vain crie et saigne,
Et la tendresse humaine attend toujours son règne.
C'est pourquoi, détournant des hommes mon regard,
J'ai cherché l'homme — et vu, calme et chaste, à l'écart,
Le couple pur errer sous la forêt ombreuse.
J'ai vu, sur un seuil blanc, une sainte amoureuse
Attendre le retour du fiancé lointain;
L'amour est un plein jour dont elle est le matin;
Tout l'avenir aimant naîtra de cette aurore
Qui n'est qu'une lueur fraîche, incertaine encore;
Et ce couple de deux bons cœurs, simples et purs,
N'est que l'image en fleur d'innombrables futurs.
Ces deux êtres liés, douceur, candeur et grâce,
Promettent à l'amour une nouvelle race.
Ce seul couple béni, qui s'aime sans tourment,
Prépare à l'avenir un paradis aimant;
Et qu'importe s'il a désappris l'Évangile?
Tout amour vrai, qui n'est ni cruel ni fragile,
Fut un rêve ineffable au cœur de Jésus-Christ,

Car la lettre n'est rien, selon qu'il est écrit.
Oui, compagnon, il faut voir, par-delà les hommes,
Ce que nous deviendrons et non ce que nous sommes.
Vaste est l'amas des temps; le mal rampe au-dessus;
Par-dessous, mon œil suit la trace de Jésus.
Or, elle est comme une eau secrète sous la terre,
Où, dès qu'elle jaillit, l'oiseau se désaltère;
Je sais la reconnaître à ses reflets de feu,
Qui, là, semblent s'éteindre; ici, renaître un peu;
Et c'est en elle enfin, source, pluie ou rosée,
Que toute eau bonne à boire est et sera puisée.
Oui, sous les cris discords, j'entends de pures voix;
Écoute-les, sois attentif, regarde et vois :
Les œuvres de bonté, parmi tant d'œuvres viles,
Fleurissent, comme, sur le pavé noir des villes,
Quelques arbres, parmi les charrois et les cris,
Tendent au ciel lointain de beaux thyrses fleuris.
Que d'asiles de luxe offerts à la misère!
Que d'infirmes, manquant chez eux du nécessaire,

Hommes, enfants, vieillards, mères aux seins gonflés,
Y trouvent leur salut, ou meurent consolés.
D'autres que des croyants donnent les grands exemples.
Jamais la charité n'éleva plus de temples.
Et même l'animal, — que Christ a racheté,
Quand sur un âne, sans orgueil, il est monté, —
Le cheval dans l'étable et le chien à la chaîne,
Sentent passer sur eux de la tendresse humaine....

« Crois-moi, mon fils, car j'ai vingt siècles révolus,
Bien des maux sont soufferts, qu'on ne reverra plus. »

X

Derrière les grands pics montait l'aube sublime ;
Puis l'aurore alluma des feux sur chaque cime.
Candélabres géants, ténébreux par en bas,
Les pins, les châtaigniers, ouvrant de larges bras,
Portaient, au plus fin bout de leurs épaisses branches,

Des feuilles qu'un reflet changeait en flammes blanches;
Les nids se réveillaient; une joie en frissons
Courait sur la colline où naissaient des chansons.

Et le témoin de tant de jours tombés au gouffre,
De tous les maux soufferts et de tous ceux qu'on souffre,
Tourna vers moi son front par l'aurore éclairé.
On ne sait quoi de grand, d'étrange, de sacré,
La force du prophète et la douceur du sage,
Étaient, en creux profonds, gravés sur son visage.
Ses cheveux sur ses reins tombaient, bouclés et blancs ;
Sa barbe en nœuds tordus s'enroulait à ses flancs ;
Aux plis déchiquetés de sa souple tunique,
Le vent jeune arrachait une poussière antique;
Et, depuis deux mille ans, n'ayant fait que marcher,
Ses grands pieds, nus et durs, effritaient le rocher.

XI

Il dit : — « Témoin d'horreurs dix-neuf fois séculaires,
J'ai vu l'immense arène, aux hauts murs circulaires,
Qui, tout chargés de fronts, d'yeux et de bras mouvants,
Semblaient d'horribles murs faits de moellons vivants ;
Les parois de ce puits hurlaient par mille bouches,

Et les regards étaient, sous des sourcils farouches,
Plus mordants et plus durs que le ciment romain.
Tout le fond de ce puits n'était que sang humain,
Et luisait sous les yeux des horribles murailles.
Ventre ouvert, retenant à deux mains leurs entrailles,
Les gladiateurs, nus, saluaient en mourant
Le vil César, qu'un peuple avili faisait grand.
Et toute cette horreur a passé comme un rêve.
Les vierges, les enfants qui saignaient sous le glaive,
S'étant donné la main l'un à l'autre en s'aimant,
Calmes, ont regardé le glaive fixement.
Le cirque a dit : Je hais! Ils ont répondu : J'aime!
Et le glaive est tombé, vaincu, dans leur sang même. »

— « Vaincu pour peu de temps; des rois l'ont ramassé!
Des papes ont brandi le fer! »

— « C'est le passé. »

— « Un moine inventera la poudre.... Oh! que de veuves
Pleurent les huguenots, chrétiens jetés aux fleuves! »

— « C'est le passé. »
— « Toi même, ils t'ont persécuté,
Juif, tous ces prétendus rêveurs de charité. »

— « C'est le passé, qui fut rage, haine, colère.
Le jour vient, le regard du Juif même s'éclaire. »

— « Le vieux peuple des Francs décapite son roi;
Lorsque la liberté règne, c'est par l'effroi.
A leur tour les martyrs ont ramassé l'épée :
Notre foi dans leur Christ, c'est eux qui l'ont frappée! »

— « L'épée est belle aux mains vengeresses du Droit!

— « Ton Christ nous a menti, plus personne n'y croit! »

— « Qu'importe à Dieu les noms mortels dont on le nomme?
Amour, bonté, ces mots sur les lèvres de l'homme
Sont des noms plus humains de l'immatériel.
L'homme ne vit que pour lever les yeux au ciel;
Il y cherche à jamais l'idéal, son étoile;
L'orage n'est jamais qu'une heure, et n'est qu'un voile;
L'étoile est fixe au fond des gouffres infinis;
Et les hommes, pervers à la fois et bénis,
Tous rencontreront Dieu, puisque Dieu pour la terre
N'est qu'énigme, et que tous se heurtent au mystère....

« L'Évangile chemine, et moi, je suis des yeux
Le triomphe du Christ, secret et merveilleux. »

XII

Nous restâmes longtemps plongés dans ce silence
Où l'esprit, comme dans un abîme, s'élance
Jusqu'à des profondeurs où les mots ne vont pas.

Enfin le grand vieillard reprit d'un ton plus bas :

— « Oui, vingt siècles auront suffi pour sa victoire.
Vous la mesurez lente au compas de l'histoire?
Je l'estime autrement. Vous, c'est par millions
Que vous comptez les morts des générations,
Depuis le soir où, sur la croix, Jésus expire;
Et vous répétez : « Comme il tarde, son empire! »
Tandis que je me vois seulement séparé
Par vingt hommes au plus, de son siècle sacré.

« A l'heure où Christ, mourant, rentrait dans la lumière
Un enfant m'appela de sa plainte première.
Cet enfant, je le vis s'éteindre après cent ans,
Juste à l'heure où, près d'un berceau, ses fils, contents,
Accueillaient leur enfant à sa première plainte.
Ce fils, le soir de sa centième année atteinte,
Mourut. Et j'en ai vu vingt ainsi, tour à tour,
Lorsqu'un enfant de ses enfants venait au jour,
Expirer; et je vois que, du siècle où nous sommes,

Si je retourne au Christ par cette chaîne d'hommes,
Vingt hommes seulement, enlacés par la main,
Sont entre nous et le sauveur du genre humain. »

Le grand vieillard se tut. J'avais l'âme étonnée.
A remonter les temps, non d'année en année,
Mais par ces vingt chaînons d'hommes vivant très vieux,
Les uns mourant quand les autres ouvraient les yeux,
Il semblait qu'un esprit divinement agile
M'emportât dans la crèche où naissait l'Évangile.

— « Jésus, qu'on croit si loin de nous, est donc tout près?
Oh! comme j'aimerais le voir! J'arrêterais
Un peu, rien qu'en baisant le bas de sa tunique,
L'homme si merveilleux qu'il reste l'homme unique,
L'exemple, le modèle incomparable et pur,
Le maître maternel, le conseil calme et sûr,

4

L'être si beau, si calme et si pur, que nous, hommes,
Montrant par là que nous jugeons ce que nous sommes,
Nous n'avons pas admis qu'il fût un d'entre nous,
Et nous ne le nommons qu'en pliant les genoux! »

Le vieillard souriait :
— « Dans le temps et l'espace,
Dès que l'homme, plus grand que l'homme, se dépasse,
Beau des vertus dont nous n'avons qu'un désir vain,
Nos cœurs, en le suivant, entrent dans le divin.
Et le divin, c'est nous meilleurs, nous bons et justes;
Le sens en est vivant dans les cœurs les plus frustes;
C'est le sens de l'amour, et rien n'est au-dessus,
Sinon l'amour lui-même, et l'amour c'est Jésus.
L'homme y va lentement, et par toutes les voies;
Par les pires douleurs, il marche vers ses joies;
Vous, vous désespérez du triomphe d'amour?
Moi, deux mille ans de nuit m'en présagent le jour. »

XIII

— « L'aube avait ébloui de ses plus douces flammes,
M'écriai-je, nos yeux trompés comme nos âmes.
Tantôt, quand sa candeur argentait les sommets,
Les orages semblaient vaincus à tout jamais ;
Et maintenant, voyez, le chaos recommence :

Une nuit matinale emplit le ciel immense;
J'entends d'ici souffler les chevaux de la mer
Qui se cabrent, montés par les démons de l'air,
Et déjà la forêt, cette autre mer mouvante,
Paraît s'enfuir, courbée et criant d'épouvante.
Que de vaisseaux, par un tel vent, vont naufrager!
Venez sur la hauteur, où, loin de tout danger,
Nous jouirons de voir, selon le vieux Lucrèce,
Les gestes éperdus des marins en détresse.... »

Il comprit le sarcasme, et dit, sans plus : « Venez. »

Un très grand crucifix, à mes yeux étonnés,
Surgit. Nous arrivions sur un plateau sévère
Que ce haut Christ de bois transformait en Calvaire.

L'orage assombrissait deux tristes horizons :

La plaine vers le nord, cultures et maisons,
Qui, sans trop en souffrir, subissaient la tourmente,
Et, dans le sud, la mer qui toujours se lamente,
Qui fait, d'un seul soupir, osciller sur son dos
Les cuirassés de fer comme d'humbles fardeaux,
Et qui peut, s'il lui plaît, en rugissant de joie,
Dévorer ces volcans comme une faible proie.

La mer! Combien a-t-elle englouti d'armadas!

Or, sur les flots grondants, j'aperçus, tout là-bas,
Au bout d'un mât penchant, secoué par les lames,
Un pauvre être! — Et, de tous nos yeux, nous regardâmes.

Le navire englouti vibrait à tous les chocs
Des lourds ressacs, dont la fureur brise des rocs.

Seul, le mât, émergeant du formidable abîme,
Secouait, comme un fruit perdu, l'homme à sa cime.

Je songeais : — « En effet, cet homme est bien perdu !
Par qui son cri lointain serait-il entendu ?
Et, le fût-il, qui donc quitterait le rivage
Pour arracher sa proie à cette mer sauvage ?
Un bon Samaritain qui descend de cheval
Pour panser un blessé, fait un acte banal,
Facile, mais devant ce gouffre épouvantable,
Il faut être un héros pour être charitable ! »

Et voici qu'apparut, au large, en plein danger,
Un canot ! — S'élevant, comme pour mieux plonger,
Sur l'écumeux sommet d'une lame puissante,
Il tomba vers les fonds par la pente glissante,
Pour remonter sans fin sur les monstrueux flancs

De ces montagnes d'eau, sombres, aux sommets blancs.
Et douze hommes — ce nombre est cher à l'Évangile —
Attaquaient l'ouragan dans cet esquif fragile.

— « Ce spectacle est divin ! me dit alors le Juif ;
Si tu cherches la vérité, sois attentif,
Encore plus qu'à ma parole, à ce spectacle.
L'action de ces gens est un humain miracle.
Pour sauver un seul homme ils vont douze à la mort.
Rester dans leur logis leur serait un remord ;
Même, ils ont pris conseil de leur femme attendrie ;
Connaissent-ils du moins cet homme, ou sa patrie?
Non. Fût-il ennemi, qu'ils lui tendraient la main.
Ils sont les sauveteurs, gloires du genre humain !
Et ces simples pêcheurs, si pauvres et si braves,
Sont les fils, rachetés, de ces pilleurs d'épaves
Qui, traîtres, allumaient, la nuit, par mauvais temps,
A terre, çà et là, de grands feux éclatants,

Pour attirer, — c'était la coutume barbare —
Sur des rocs, un vaisseau que la lumière égare,
Et qui, trahi d'abord, était enfin pillé....

« Depuis ce temps, un siècle à peine est écoulé!

« Et, devant ce canot qui s'abaisse et remonte,
Sans cesse, sur des monts écroulés qu'il affronte,
Je vois, plus lumineux que l'aveuglant éclair,
Le spectre de Jésus qui marche sur la mer. »

XIV

La mer, bouleversée encor, n'était plus noire;
Les vents changeaient, chassant une nuit provisoire.
...Tout l'azur reparut dans sa sérénité.

— « Oui, me dit le vieillard, le monde est racheté.

Le Christ a, dans nos cœurs, jeté le grain qui lève.
Lentement, des héros réalisent son rêve,
Et son amour en eux resplendit, tout pareil
(Si ton cœur sait le voir) au radieux soleil. »

— « Vous triomphez ! je suis convaincu, répondis-je;
Ce triomphe à lui seul me paraît un prodige;
J'abjure devant vous mon scepticisme vain :
Des héros m'ont prouvé l'héroïsme divin ! »

Or, juste à ce moment, où le vieillard étrange
Me montrait l'idéal, fixe lorsque tout change,
Et sous le faux réel, qui seul nous apparaît,
Dieu rayonnant en nous comme un soleil secret,
Dans cet instant de joie et d'extase féconde,
Où la paix nous semblait l'espoir certain du monde,
Un cri troubla la terre, et, déchirant les airs,

De nouveau souleva la profondeur des mers :
— « Aux armes! » —

Des clairons stridaient, sonnant la charge,
Et la terre troublait les mers jusqu'au grand large :
Un peuple épouvantable, armé de fer, de feu,
De gaz mortels, et se disant l'élu de Dieu,
N'étant, esprit et chair, qu'appétit d'ogre immonde,
Marchait, organisé, contre l'ordre du monde!

Tout le génie humain dompteur de l'élément,
Ce peuple élémental, sauvage savamment,
Le tournait contre l'homme en outil de torture;
Lui-même il s'était fait monstre, par la culture!
Méthodiquement serf d'un prince carnassier,
Le Teuton, formidable automate d'acier,
Ou chair amalgamée au corps des mitrailleuses,

Colosse lourd de force et de haine orgueilleuses,
Proclamait, — espérant figer ses ennemis
Dans l'horreur, — que tout crime, à la guerre, est permis!

Ses plus graves savants, et ses poètes même,
Contresignaient d'un cœur tranquille un tel blasphème!

Et ce peuple, avili par un si haut conseil,
Ce peuple, tel qu'on n'en vit pas sous le soleil,
Traînait captifs au loin femmes, enfants en larmes,
Des êtres impuissants à manier les armes,
Les grands-pères, craintifs et muets, consternés....
Ces Allemands, parfois, en lâches forcenés,
Faisaient de leurs captifs, sur leur front de bataille,
Un rempart défenseur, pitoyable muraille,
Où, frémissants d'amour, de haine, — de douleurs,
Les soldats ennemis, reconnaissant les leurs,
Vaincus par leur pitié, reculaient d'épouvante,
Tremblant de mutiler la muraille vivante!

Nietzsche, spectre dément, planait sur tout cela,
Et, non moins fou, Guillaume, invoquant Attila,
Criait : « Viole! tue! égorge enfants et femmes! »
Des prêtres, torturés par les reîtres infâmes,
Les yeux vers le ciel vide, y cherchaient Dieu, l'Absent!
Tout nageait dans le sang; partout du sang! du sang!
Les rivières étaient de sang et coulaient pleines!
Et des fuyards, au flanc des monts ou dans les plaines,
Couraient, se retournant pour regarder au loin
Leur ville en flamme; et Dieu, leur juge et leur témoin,
Laissait faire! et, dans sa fureur démoniaque,
L'agresseur, prétendant que c'est lui qu'on attaque,
Coupait des mains, des cous d'enfant, brûlait vivants
Des vieillards; tout fuyait, comme l'eau sous les vents;
Et le viol hideux, à face simiesque,
Prenait — détail horrible en l'horreur gigantesque —
Des vierges, qui fuyaient la vie éperdument
Parce que c'était fuir l'affreux enfantement!
Criminels au hasard, sur l'enfant, sur les mères,

Du haut du ciel, les zeppelins, sombres chimères,
Lâchaient leur bombe ! et quand l'avion surgissant
Les attaquait, alors le ciel pleurait du sang !
Plus d'asile ! Et sur les grands steamers d'Angleterre,
Qui semblaient à l'abri des fureurs de la terre,
Des passagers (toujours des faibles, et toujours
Des femmes, des enfants, sans armes, sans secours !)
Voyaient surgir, dans les houles des mers d'Europe,
Le dos du sous-marin ou l'œil du périscope....
La torpille frappait le grand navire au flanc ;
Et, colosse blessé, chancelant et soufflant,
Il entraînait, dans les fonds glauques des abîmes,
Avec lui, des milliers d'innocentes victimes
Qui priaient, qui voulaient la vie éperdument....

Et, terre et mer, le monde entier criait : « Maman ! »
Comme pour réveiller, dans son ombre éternelle,
L'amour, le Dieu muet, la Cause maternelle !

XV

Mais rien ne répondit. Nulle part l'agresseur
Ne trouva devant lui Dieu, le Dieu de douceur!
Et nos peuples, parmi le sang, les cris, les larmes,
Se levant indignés, durent prendre les armes,
Aiguiser des poignards et fondre des canons;

Et tous les beaux progrès, indignes de leurs noms,
Se firent instruments de mort et de torture;
Et, retournant aux lois brutes de la nature,
L'âme humaine appela la force à son secours,
La force! l'argument des grands loups et des ours!

Et je dis au vieillard :

— « C'est la fin de nos races.
Vois-tu ton Christ encor? Vois-tu toujours ses traces?
Vieux nécromant, je suis honteux de t'avoir cru :
Le primate éternel dans l'homme a reparu!
Le chrétien lâche, avec son rêve d'être un ange,
Insultait à la brute — et la brute se venge! »

Sous l'injure, le vieux, comme sourd à mes cris,

Resta muet, songeur quelque temps. Je repris :

— « Ton Christ est le plus faux des faux dieux qu'on délaisse !
Amour, bonté, mots creux, tout gonflés de faiblesse !
Sot qui ne sait qu'aimer ! Fou qui veut être aimé !
Qui suit ton Christ n'est plus qu'un martyr désarmé,
Proie offerte aux soldats du lucre et de la haine,
Qui sont le nombre affreux, sans nom, la masse humaine.
Christ n'est qu'un doucereux et blanc magicien ;
Certe, un charme est caché dans le songe chrétien,
Mais pernicieux, traître, endormeur d'énergie.
Sur la terre, que tant de meurtres ont rougie,
Comment répondre, nous, les tendres et les bons,
Nous, les propagateurs des infinis pardons,
Au fer qui fouille un cœur, en sort et s'y replonge ?
Quel réveil dans l'horrible, après le divin songe !
Nos jardins, nos maisons, asiles de douceur,
Les voilà donc ouverts au noir envahisseur !

Nos bras chrétiens ne sauront pas tenir l'épée ;
Ton Christ livre aux bourreaux l'humanité trompée ! »

Le vieillard recueillit sa pensée un moment,
Puis, l'œil plein de lumière, il dit, très doucement :

— « S'il ne croit qu'aux ressorts puissants de la matière,
L'homme n'a pas en lui la force humaine entière.
Même stoïque, il meurt en vaincu révolté,
Il périt tout entier, serait-ce avec fierté.
Si la force est le droit, sa chute est légitime,
C'est justement qu'il tombe, et non pas en victime.
La force, c'est là tout ce que le fort défend ;
Après lui, rien de lui ne reste triomphant.
Dès l'instant qu'à ses yeux seule la force compte,
Devenu le plus faible il n'a droit qu'à la honte,
Tandis que, l'œil levé vers son pur idéal,

Le croyant de l'amour souffre et meurt triomphal.
La souffrance est pour lui sainte, la mort sublime,
Il sent orgueil et joie à s'offrir en victime,
Il est le vrai guerrier qui veut, pense, aime et croit,
Et qui, même vaincu, laisse un vengeur : le Droit.
La force de l'idée est la seule immortelle;
Telle est la loi du Christ : la foi de France est telle.

« Mon Christ est mort voilà deux mille ans accomplis,
Et nos âmes, aux plus secrets de leurs replis,
Gardent toutes, mon fils, sa divine pensée,
Que par le monde entier le temps a dispensée.
Elle est si bien mêlée au cours de notre sang,
Que, lorsque l'Antéchrist se lève menaçant,
Le bras, avant le cœur, s'élance à la défendre;
C'est d'instinct, désormais, malgré notre cœur tendre,
Que nous défendons, même oublieux de Jésus,
Les biens d'amour que, par sa mort, nous avons eus.

Des hommes, non des Christs, voilà ce que nous sommes,
Et nous le défendons, en nous, comme des hommes.
Nul ne passe en valeur ta vaillance, ô chrétien!
Sacrifice est un fier mot d'ordre ; c'est le tien.
La lance et les deux pieds sur quelque hydre abattue,
Lent à tuer, mais plus terrible lorsqu'il tue,
Le juste, quand il croit la justice en danger,
Non pas lui, — se fait dur pour la mieux protéger;
Quand l'indignation des plus doux se soulève,
Elle est comme la mer qui dévore la grève,
Et, contre l'injustice et le mal provocants,
Elle a la force involontaire des volcans!... »

XVI

Sans rien connaître à la souffrance de nos âmes,
L'azur riait, moins doux mais plus beau d'être en flammes.
Autour de nous, sur le haut désert rocailleux,
Le calme indifférent des grands espaces bleus
Resplendissait ; mais, sous ce ciel d'apothéoses,

Tant d'éclat dénonçait la misère des choses,
Que, dressé là, sur ce plateau nu, dans les temps,
Le Dieu n'était plus rien, sous les cieux éclatants,
Qu'un débris plein de trous, où la vermine habite.
Dans la clarté fondaient tous les rêves en fuite.
Du radieux levant au couchant radieux,
Une moitié du globe apparut à nos yeux;
Et, du plateau désert où nous étions, nous vîmes,
Comme jailli soudain des plus affreux abîmes,
Un déluge de maux, de meurtres et d'effrois,
Submerger l'univers, où mouraient tous les droits.

Des termes d'Amérique aux bornes de l'Asie,
Les hommes, en hurlant, frappés de frénésie,
S'armaient, — des millions d'hommes! Vingt millions
Ou trente, s'égorgeaient; sept, huit, dix nations.
On eût dit de la fin du monde en cataclysme!
Et tous se réclamaient du doux christianisme,

Ou de l'Islam, qui voit un prophète en Jésus.
Mais les fleuves étaient de sang, et, par-dessus,
L'impassible soleil rayonnait dans sa gloire.
Sur la réalité rouge, fangeuse et noire,
Il épandait à flots, à verse, par torrents,
Sur les camps ennemis, ses rais indifférents,
Le même éclat sur Reims et sur Sainte-Sophie,
Lui que, dans l'ostensoir, le prêtre glorifie!

Et je criai :

— « Maudit soit l'astre éblouissant
Qui peut voir sans horreur des rivières de sang!
Car le sang n'est pas fait pour empourprer la terre;
Il doit, dans les vivants, rester vivant mystère,
Dans les canaux secrets des corps rester secret;
Malheur, lorsqu'au soleil le sang des cœurs paraît!

Et malheur au soleil, quand l'humanité saigne,
S'il ne se voile pas d'horreur, et s'il se baigne
Dans la pourpre qui n'est pas, sur les horizons,
L'adieu resplendissant de ses propres rayons! »

XVII

— « La terre, bien de tous, sera-t-elle usurpée
Par un seul? Non! le droit de tous a pris l'épée,
Affirma le vieillard, et lorsque, ô mon enfant,
La Justice ou l'Amour indigné se défend,
L'âme du défenseur passe et vit dans le glaive;

Et même quand le bras des faibles le soulève,
Dans ses propres éclairs passe un étrange éclair,
Et, parmi les reflets dont resplendit le fer,
L'âme voit des rayons qui lui viennent des âmes.
Le juste armé vaincra les conquérants infâmes.
Le monde est un, au fond; il va vers l'unité
Visible, et ne peut être en sa marche arrêté.
Tout peuple est criminel d'en asservir un autre;
Et la France le sait, elle, le peuple apôtre!
L'Évangile en tous temps fut au fond de son cœur,
Et par elle le droit de tous sera vainqueur,
Tous les droits de chacun se feront équilibre;
Et, de même qu'en France un homme se sent libre,
Fût-il faible, et se sait protégé dans son droit,
De même, un jour, demain, ou plus tôt qu'on ne croit,
Chaque peuple sera, devant tous, son seul maître;
Et, librement unis, tous devront reconnaître,
Pour être protégés, qu'ils doivent protéger,
Et qu'être différent n'est pas être étranger.

Il n'est qu'un Droit, unique et sacré, loi suprême
Qui pour un homme ou pour tout un peuple est la même ;
Et le respect aux droits des peuples reste dû,
Le même que l'État doit à l'individu.
Jésus et Jeanne d'Arc semèrent cette idée
Par le sang de vos morts aujourd'hui fécondée. »

— « Fou ! dis-je au grand vieillard, de croire au Dieu de paix !
Tu vas connaître enfin comme tu te trompais,
Tiens, vois ! »

La terre était un seul champ de bataille.

Le Mage auguste, alors, sembla prendre la taille
D'un géant, et, son dos voûté se redressant,
Je crus voir un Samson indigné, si puissant

Qu'il pourrait ébranler les colonnes du monde.
Sa barbe au vent des monts se mouvait comme une onde;
Ses sombres yeux semblaient lancer des dards de feu.

— « L'empereur des Germains, tout en invoquant Dieu,
Dit-il, a méconnu la norme de la vie.
Il rêve l'homme esclave et la terre asservie;
Il veut fouler la chair et l'esprit sous ses pieds;
Il dit que la faiblesse est l'âme des pitiés;
Il prétend que la force est l'unique puissance....
La force n'est qu'esprit, mon fils, en son essence.
Les peuples l'ont compris, et — regarde à ton tour —
Albert, vrai roi, debout pour le droit et l'amour,
Sert l'honneur, l'honneur pur, que l'Allemagne oublie;
Et vos Français, qu'on crut une race affaiblie,
Artistes, artisans, le marchand, le penseur,
Et les oisifs, pour qui vivre n'est que douceur,
Ceux dont le mot Patrie excitait les sarcasmes,

Et tous ceux qui raillaient les beaux enthousiasmes,
Ceux qui niaient le sentiment, le dévouement,
Regarde-les ! leur cœur s'exalte brusquement !
On dirait qu'en voyant l'affreuse Germanie
Servir les bas instincts dont elle est le génie,
Les plus pervers ont pris leurs vices en dégoût !
Transfigurés, soldats merveilleux tout à coup,
Pour que la grande fin prédite s'accomplisse,
Ils servent en héros ce mot : le Sacrifice,
Et meurent pour prouver qu'il est le seul salut !
Et, las des vanités où leur cœur se complut,
Les plus obscurs d'entre eux, les martyrs anonymes,
Disent, devant la mort, des mots qui sont sublimes !
Un souffle d'héroïsme a traversé les cœurs....

« Où sont-ils maintenant, vos sceptiques moqueurs ?
Ils trouvent, sous les yeux étonnés de l'Histoire,
Au baiser de la mort une saveur de gloire !

Et l'univers a dit : « Suivons les fils des Francs!
« Eux, c'est par la bonté loyale qu'ils sont grands! »
Et, de la mer Baltique au lac Tibériade,
Tout est debout, — ou pour ou contre la Croisade! »

XVIII

— « La Croisade, vieillard? »

— « Oui! » dit-il, élevant
Son regard vers le ciel, tandis que, dans le vent,

Flottaient sa barbe longue et sa longue tunique.
Et, n'adressant qu'au Dieu fait homme — sa réplique :

— « Oui, dit-il lentement, qu'il croie ou non en toi,
Christ, le monde moderne en ta tendresse a foi.
D'un mot que tu jetas dans la terre féconde
L'arbre immense a jailli, dont l'ombre est douce au monde!
Tous les penseurs, les plus libres, les plus hardis,
Négateurs de ton ciel et de ses paradis,
Souhaitent de les voir réalisés sur terre,
Et c'est toi que Calas remercie en Voltaire!
La Pensée affranchie est ta vassale encor;
Le meilleur d'elle est un denier de ton trésor;
L'altruisme, c'est ta charité sous un voile;
C'est pour avoir levé les yeux vers ton Étoile,
Que l'homme, avec des yeux mieux voyants, plus humains,
Sait marcher plus heureux dans ses tristes chemins.
Qu'il te confesse ou non, qu'importe! et que t'importe,

Si ta bonté de Dieu survit à la foi morte!
Non, tu n'as pas maudit les hommes pour si peu!
Tu restes l'éternel, qu'on t'appelle ou non Dieu.
Tu ne recherches point, — tu nous l'as dit toi même, —
Les honneurs de ce monde, et, pourvu qu'on s'entr'aime,
Et que du Christ humain la terre ait hérité,
Toi, Dieu, tu nous souris, dans ton éternité! »

— « Pourvu que l'on s'entr'aime!... Allons, vieillard, lui dis-je,
Ta foi dans Christ me semble un risible prodige,
Quand les humains, partout, inhumains sans remord,
Ne sont unis que par la haine, dans la mort.... »

Il reprit :

— « Pour sauver ton rêve de tendresse,

Christ! contre le Germain le monde entier se dresse :
C'est la Croisade! Eh oui, les peuples et les rois
Se lèvent pour la croix de Rome, et pour la croix
Que Genève dessine en rouge sur ses flammes,
Et pour la croix secrète inscrite dans nos âmes,
Car, même dans le cœur des enfants d'Israël,
Quelque chose est entré de ton verbe immortel,
Et ton espoir d'amour les gagne et les soulève!...
Germains vils, qui tirez sur les croix de Genève,
La France est devant vous la chrétienne sans peur;
Le Quirinal, qui vous observe avec stupeur,
Sent se confondre, en la même pitié des hommes,
Les deux cœurs, hier encor désunis, des deux Romes;
Çakia-Mouni s'indigne, et les rajahs hindous
Vous surveillent de loin avec leurs grands yeux doux;
Mahomet vous méprise, et l'Afrique immobile
S'agite et court sur vous, toute, arabe et kabyle;
Et, vous tombés, elle dira : « C'était écrit, »
Car Mahomet sait rendre hommage à Jésus-Christ.

Oui, c'est bien la Croisade et c'est la guerre sainte!
L'Angleterre, dont les océans sont l'enceinte,
Tient fixés ses yeux clairs sur vous, sombres géants,
Et vous menace avec la voix des océans!
Et le tsar de Pologne et le tsar de la Haye,
Père des Slaves dont le nombre vous effraie,
Le tsar au bon cœur, pape et roi, Nicolas II,
Qui compte vos hauts faits et les juge hideux,
Nicolas II, que la douleur française touche,
Contre ta force brute, Allemagne farouche,
Brandit à l'horizon le glaive éblouissant
Dont la poignée est une croix teinte de sang! »

XIX

Le Christ de bois, que, seul, un ermite révère,
Du pic que nous foulions faisait un vrai Calvaire,
Et, chancelant, le Juif s'appuya d'une main
Sur Celui qui voulut sauver le genre humain.
Alors il dit, debout sur le pic haut et chauve :

— « Sauveur, c'est, à son tour, le monde qui te sauve !
S'il n'est fort, s'il n'est grand qu'appuyé sur toi, — toi,
Tu n'as plus de salut qu'en son glaive et sa loi. »

Mais l'image du Dieu dont l'humanité doute,
La voyant à ses pieds souffrir et mourir toute,
Sembla crier vers nous et vers le ciel : « Je meurs ! »
Et cela dominait la guerre et ses clameurs.

Et, dans les grands lointains, voici ce que nous vîmes :
Des soldats ivres, fous, et prêts à tous les crimes,
Des hordes, mais en bel ordre matériel,
Avec un bruit de pas qui montait jusqu'au ciel,
S'avançaient sur Paris, menaçaient Notre-Dame,
Et derrière eux, Louvain, Maline, étaient en flamme.

« Les voilà! les voilà qui viennent sur Paris! »

C'est un sourd grondement sinistre; point de cris.
Sous le piétinement de l'innombrable foule,
Le sol, comme un tambour voilé, tressaille et roule.
Ils viennent, — les uhlans en tête, lance au poing.
La tour Eiffel les guette : ils se traînent au loin,
Hommes, chars et chevaux, fusils et mitrailleuses,
Sombre nuage, gros de foudres furieuses.
A voir sur l'horizon marcher ces guerriers-là,
Le mont de Geneviève a dit : « C'est Attila! »
Dans cette immense armée, il reconnaît la horde.
Ces êtres sans amour et sans miséricorde,
Gueule et ventre affamés, ces appétits grondants,
Veulent de la chair vive à mettre sous leurs dents;
Ils veulent des terrains tout cultivés, blé, vigne,
Un vaincu qui sous eux s'écrase, — et se résigne
A leur donner de l'or, de l'or par milliards!

Leur chef sinistre crie à ces bandits pillards,
Dont l'affreux crâne — en fer de lance se termine :
« Va, mon peuple, toi qui ne crains que la famine,
La France est riche! prends son pain, son or, son vin,
Et saccage Paris comme un autre Louvain!
Obéis; je commande, et mon ordre te couvre.
Fais flamber, s'il le faut, la Sorbonne et le Louvre!
Prends-leur Paris, — ou meurs! voilà ce que je veux,
Et que l'histoire dise à nos petits-neveux :
« Guillaume II, géant de Prusse, fut un homme
Plus grand que ce fameux Néron — qui brûla Rome! »

Il dit, et les Germains répondent : « Hoch! hurrah!
Chef, nous t'aurons Paris! et lorsqu'il flambera,
Alors, docile au roi sanglant qui nous commande,
La France deviendra l'Allemagne plus grande!
Hoch! hoch! »
Tout en jetant le cri cher au Kaiser,

Ils roulent, flot montant d'horreur, de sang, de fer,
De feu, — torrent sans nom qui tord, saccage et broie,
Et c'est bien Attila, c'est la race de proie!

Les voilà sous Paris, sous l'œil fixe des forts.

Oh! qui seront les morts? Combien seront les morts?

— « Les noirs envahisseurs, avec la faim au ventre,
Resteront là longtemps, cherchant par où l'on entre. »

— « Soit, la France attendra. »
— « Mais s'ils étaient vainqueurs? »
— « On peut vaincre les corps, non la vertu des cœurs;
Nous attendrons toujours : le salut, c'est d'attendre. »

— « Mais s'ils prennent Paris? »

— « Se laissera-t-il prendre? »

— « S'ils le prennent? »

— « Eh bien, sur Paris dévasté

Nous attendrons toujours. »

— « Quoi? »

— « Le jour d'équité,

Le triomphe final de la justice sainte!

L'autel du temple est mieux gardé que son enceinte!

L'esprit chrétien, l'esprit pur, ne peut pas mourir! »

— « Mais s'ils brûlent Paris? »

— « Nous saurons tout souffrir!

Nous le rebâtirons, sous les yeux de l'histoire,

Avec du ciment rouge et des marbres de gloire!

Nous n'attendons qu'un mot, le dernier, du Destin. »

XX

Ce spectacle et ces voix nous venaient d'un lointain
Formidable, — et ni mes regards ni mes oreilles,
Qui n'auraient pu subir réalités pareilles,
Ne percevaient image ou son; seuls, mes esprits
En eux-mêmes portaient ce spectacle et ces cris.

Et je sentais en moi, dans mon simple cœur d'homme,
Les souffrances de tous, dont je souffrais la somme.

Et je compris quel faix terrible, à mes côtés,
Portaient, après dix-neuf cents ans, les reins voûtés
Du grand Juif; car son dos, qu'il redressait naguère,
Se courbait sous les maux que déchaîne la guerre,
Et qui lui rappelaient l'horreur du monde ancien.

— « Paris, libre cerveau, cœur du monde chrétien,
Va périr!.... Rien ne peut faire mentir l'oracle,
Criai-je. Rien ne peut nous sauver — qu'un miracle! »

— « L'oracle, dit le vieux, sur quoi se fonde-t-il? »

— « Sur l'imminence et sur la grandeur du péril.
Quand le boulet, dans l'air, accourt droit sur la cible,
Empêcher qu'il la frappe est la chose impossible :
Rien ne l'arrêtera sur la fin du trajet. »

Or, à travers le sol sacré qu'il ravageait,
Peuple conculcateur de la miséricorde,
L'effroyable Germain, armée et pourtant horde,
Roulait à flots grondants comme un torrent mortel.

Oiseaux rocks fabuleux, souillant le bleu du ciel,
Les taubes allemands, les éperviers corsaires,
Sur Compiègne déjà planaient, crispant leurs serres.

Et, l'incendie au poing, chargés d'engins maudits,
Déguisés en soldats, je voyais des bandits

Qui menaçaient Paris du martyre et des flammes....

Et le torrent de fer sanglant, de feux infâmes,
Gagne la capitale! y touche! en rugissant
Sa joie affreuse; et tout est rouge, flamme et sang....
Quand, sous mes yeux hagards, soudainement tout change....
La course au sud devient fuite à l'est?...
— « C'est étrange!
Le hideux cauchemar, criai-je, est-il fini?
Joffre le patient, Maunoury, Galliéni,
Comme Hercule, changeant, d'un simple coup d'épaule,
Le cours d'un fleuve, ont-ils détourné de la Gaule
L'horrible envahisseur, près de nous submerger?
Ou quel dieu nous a-t-il sauvés d'un tel danger? »

XXI

Alors le grand vieillard, désignant tout l'espace
Du ciel, dit simplement :

— « Vois, là-haut, ce qui passe ! »

Une armée, en plein ciel, étonnait nos regards.

Spectres flottants, esprits visibles, milliards
De formes, dont chacune était une pensée,
Multitude en une âme unique condensée,
Tous les morts accouraient, sans gestes et sans cris,
Sauver le cœur chrétien de l'univers, Paris.

Et l'humanité morte emplissait l'étendue.

Et sans être aperçue, et sans être entendue,
Elle pénétrait tout, réalité sans chair,
Matière éparse, plus subtile que l'éther,
Feu d'un éclat secret plus ardent qu'une flamme,
Fluide magnétique et respirable à l'âme ;
Et tous nos combattants sentaient naître en leur cœur

Un dieu, l'enthousiasme, un dieu déjà vainqueur,
Une force innommée, un élan invincible,
Une puissance à qui rien n'est plus impossible....
C'était, dans les vivants, le vœu de tous les morts!

Des milliards de vœux, des milliards d'efforts,
Tout le labeur humain, depuis l'âge de pierre,
Où l'homme se sentit des pleurs sous la paupière,
Joyeux lorsqu'il connut qu'il pouvait, de sa main,
Sur la paroi des rocs graver un rêve humain,
Et léguer à ses fils l'œuvre à peine rêvée
Pour qu'un jour, par leurs mains, elle fût achevée;
L'espoir d'un idéal que chaque siècle accroît,
L'amour d'abord, puis la justice, enfin le droit,
Tout cela, menacé par un peuple rapace,
L'éternité des morts, substance de l'espace,
Accourait le défendre; et tous, tous étaient là,
Même Caïn! Judas même! et même Attila,

Car, dans la mort immense, où tout crime s'expie,
Les négateurs d'amour, les meurtriers, l'impie,
Se sentent dépouillés d'eux-mêmes, lentement....

Et servir la justice est leur seul châtiment.

XXII

— « L'humanité, mon fils, par de mauvaises routes,
Rêve confusément, à travers tous les doutes,
D'une paix merveilleuse et d'un amour final.
Parfois elle a cru voir mourir son idéal,
Mais l'éclipse n'est pas la fin et n'a qu'une heure.

L'idéal, qui n'est pas encor, lui seul demeure;
C'est le but immuable et sans fin déplacé,
Et l'avenir y court, sur l'aile du passé.
Sans l'idéal, n'étant que muscles, chair et force,
L'homme, athlète stupide, orgueilleux de son torse,
(La vie et la durée étant leur propre fin)
N'aurait pour tout devoir que d'assouvir sa faim,
Tandis qu'il cherche au monde une plus douce joie;
Et la beauté des cieux est là pour qu'il la voie,
Et la douceur d'aimer pour qu'il la sente en lui;
Et depuis qu'en son cœur son premier rêve a lui,
Astre d'un ciel plus beau que l'autre et non moins vaste,
Cet idéal a fait de lui l'Enthousiaste,
Et tous vont à l'Étoile, et tous lèvent le front,
Et c'est pourquoi les doux sont les forts, et vaincront. »

Ainsi parla le vieux scruteur de tout mystère
Dont les pas en tous lieux sont écrits sur la terre.

XXIII

Nous croyions distinguer, dans les espaces bleus,
Tous les grands morts, tous les héros miraculeux,
Tous, — les penseurs et les guerriers.... Et la bannière
De Jeanne d'Arc flottait, blanche, en pleine lumière,
Et sur cet étendard, qui planait au-dessus

De tous les fronts, ce mot resplendissait : JÉSUS.

Puis, le soir vint, triste et profond. La cathédrale
De Reims, chef-d'œuvre pur de la France ancestrale,
Profilait son fantôme obscur dans l'azur noir...
Tout à coup, chose affreuse en la beauté du soir,
Sous les obus germains, toute, du faîte au porche,
Toute, elle s'enflamma comme une immense torche,...
Et l'on vit, à cheval, aux clartés de ce feu,
Jeanne resplendissante et criant :

— « En nom Dieu,
Anglais! je vous adjure, en avant pour la France!
Nous avons même cœur : ayons même espérance,
Anglais! Boutons-les hors de France! chassons-les! »

Et Jeanne chargeait, seule, en avant des Anglais.

XXIV

Paris, Paris sauvé jadis par Geneviève,
Voyait se détourner de lui le mauvais rêve,
Et les vils Allemands, les perfides guerriers,
En France même ayant préparé des terriers,

S'y cachaient, poursuivis, tels des bêtes immondes,
Par le glaive de France et le mépris des mondes.

Dans ces trous, comme en leurs naturels habitats,
Dans ces bauges, vivaient, accroupis, leurs soldats.

Et comme une eau pourrie exhale ses buées,
Ils soufflaient contre nous des poisons, par nuées
Ténébreuses, et qui, trahissant l'air du ciel,
Rendaient l'azur complice et pestilentiel.

Leurs gaz asphyxiants, moyens de guerre infâmes,
Semblaient leur propre souffle et l'odeur de leurs âmes.

XXV

Parmi des morts et de grands blessés, — c'est alors
Qu'un Français, se levant, cria : « Debout, les morts ! »
Mais nous seuls nous savions que cet appel sublime
Montait vers tous les morts accourus de l'abîme.

Or, cet appel vibra dans tous les cœurs en deuil,
Au souvenir des morts enterrés sans cercueil.
Et les vierges en pleurs, les femmes noir-vêtues,
Croyaient ouïr les voix chères qui se sont tues....
Et nous, nous entendions chanter, en longs accords,
Ces même voix, lointains adieux d'esprits sans corps :

— « Nous sommes morts pour vous défendre
Contre de vils envahisseurs,
Vous que nous aimions d'amour tendre,
Vieilles mères, petites sœurs !

« Jeunesse encor mal aguerrie,
Tout éprise de grâce et d'arts,
Nous sommes morts pour la patrie,
Fiers de tomber sous vos regards.

« La mort nous prit sans différence,
Riches, pauvres, jeunes ou vieux...
Et nous sommes morts, chère France,
Pour tes fils et pour nos aïeux.

« Mourir pour toi, — ce fut bien vivre,
O France, cœur du monde! sel
De la terre! esprit du saint Livre
Qui veut l'amour universel!

« Nous sommes morts pour la défense
Du plus doux idéal humain ;
Pour le léguer pur à l'enfance
Qui sera la France demain.

« Rapprochés par la mort des pères,
Et sentant notre âme sur eux,
Nos fils, dans nos maisons prospères,
Vivront plus fiers et plus heureux.

« Nous sommes morts pour vous défendre
Contre de vils envahisseurs,
Vous que nous aimions d'un cœur tendre,
Petits enfants, — frères et sœurs ! »

Des tombes, çà et là fraîchement remuées,
Cette hymne, dominant la guerre et ses huées,
S'élançait, rejoignait, comme mêlée au vent,
Les anciens morts, — la mort, autre infini vivant,
Matrice des soleils, semence des étoiles!
Et les femmes, penchant le front sous leurs longs voiles,
Les vieux, un crêpe au bras, plusieurs peuples en deuil,
Répondaient, en un chant de magnifique orgueil :

— « Vous aurez dans nos cœurs une tombe immortelle,
O vous que votre amour de la paix — a trahis!
Vous fîtes en mourant l'humanité plus belle,
Soldats morts pour notre pays!

« Nous laissons, sous nos yeux cernés, couler nos larmes,
Mais nos cœurs sont encor plus grands que nos douleurs,
Et sur vos corps, ensevelis avec leurs armes,
Nous jetons des lauriers en fleurs.

« Votre mort que l'on pleure, on la donne en exemple;
On la pleure en silence, on l'admire à grands cris;
Et nos cœurs éternels sont pour vous comme un temple
Où, dans l'or, vos noms sont inscrits.

« Vous sûtes, par la mort, avec vos grandes âmes,
Faire, au monde sauvé, des avenirs plus beaux!
Et c'est pourquoi vos sœurs, vos mères et vos femmes,
Vous voient vivants sur vos tombeaux. »

Telle, en prodigieuse et lente symphonie,
Chantait son chant d'orgueil l'espérance infinie.

Alors, un autre chœur, mais plus retentissant,
De moins lente harmonie et de plus rude accent,
Vint jusqu'à nous.... C'était la voix, l'âme enflammée,
La résolution ardente d'une armée....
Quelque chose pourtant d'allègre et de moqueur
Traversait les accords farouches de ce chœur :

— « Nos camarades morts sont les moissons fauchées;
Mais nous, nous sommes le grain mûr,
Le grain gonflé d'espoir qui dort dans les tranchées,
Où germine déjà le triomphe futur.

« Nous avons en mépris cette race allemande,
Son idéal matériel.
C'est la bête puante et féroce, — et gourmande,
L'ours noir qui rôde autour des ruchers pleins de miel.

« Ruisselantes de sang, baïonnettes vermeilles,
Harcelez le fauve aux pieds lourds!
La brute, sous le dard de toutes les abeilles,
Saura bientôt comment on fait danser les ours.

« Mais non, le dur Germain n'est pas si débonnaire;
Ce n'est pas l'ours, plaisant danseur;
Et les canons d'Europe, à défaut du tonnerre,
Écraseront, dans sa fange, l'envahisseur!

« Voyons-le tel qu'il est : un dragon de légende,
Un monstre aux sept gueules d'enfer,
Et jurons-nous d'anéantir l'hydre allemande,
Avec la sape, avec la flamme, avec le fer!

« Nous sauverons l'espoir, l'amour, la paix des mondes,
En frappant le monstre en plein cœur,
Et nous arracherons les sept langues immondes :
Il tordra ses anneaux sous le pied du vainqueur.

« Entends-tu le serment des Francs, prince féroce,
Faux roi, Guillaume le second?
Nous mettrons sous nos pieds, sous l'épée et la crosse,
Ta tête affreuse et les sept têtes du dragon.

« Nous ne voulons revoir nos maisons, plus prospères,
Que sous des drapeaux triomphants,
Quand les mères pourront offrir aux heureux pères
Des lauriers tout en fleurs par la main des enfants. »

Des soldats souriants chantaient ce chant suprême,
Et la Mort reculait et doutait d'elle-même.

XXVI

La France ainsi chantait, fidèle librement
Au Christ universel, à l'Évangile aimant.

Or un vent noir, venu du fond de l'Allemagne,

Apporta jusqu'à nous, dans un long sifflement,
Avec un gaz fétide, épars sur la campagne,
Un chant que suit l'effroi, que la mort accompagne....
C'est l'hymne du Christ allemand :

« Je veux, moi, seul grand dans le monde,
Moi, le seul peuple élu de Dieu,
Purger la terre — elle est immonde —
Par l'air empoisonné, par le fer et le feu.

« C'est sur l'ordre exprès de Dieu même,
Que j'attaque, en vils ennemis,
Ces peuples corrompus, que j'aime,
Et qui, pour leur bonheur, doivent m'être soumis.

« Notre vieux Dieu, celui qu'on nomme
Dieu le Père et le Roi des rois,
Laissa clouer le Fils de l'Homme,
Pour le salut du monde, à l'infamante croix....

« Je suis le peuple qu'il désigne
Pour crucifier, à mon tour,
L'Humanité, sa fille indigne,
Et je la châtierai sans pitié, par amour.

« La France est la prostituée
Qui corrompt le vieil univers;
Il faut donc qu'elle soit tuée!...
A nous ses vins! et les plages de ses deux mers!

« Et puisqu'elle a dit elle-même
Qu'elle est le Christ des nations,
Je justifierai son blasphème :
Je livrerai la France aux tribulations.

« Allemands! acceptons sans plainte
L'ordre de nous faire un cœur dur :
Nous accomplirons l'œuvre sainte
Que commandent Dieu même et Guillaume le Pur.

« Soyons des Attilas superbes;
Fléaux par Dieu même voulus,
Foulons les corps comme des herbes!
Où passent nos chevaux, que rien ne vive plus!

« Torturons nos tristes victimes,
Puisque Dieu veut leur châtiment ;
Assurons-leur, bourreaux sublimes,
Un salut éternel par des maux d'un moment !

« Que leur sanglot nous réjouisse,
Comme il réjouira le ciel !
Dieu m'a dit : « Va ! le sacrifice
« Sera d'autant plus beau qu'il sera plus cruel ! »

« Savourons les cris de souffrance !
Pour être grands, soyons sans cœur !
Et sur le monde, et sur la France,
Nous représenterons Dieu même, — et Christ vainqueur. »

— « Les entends-tu? dis-je au vieillard.

« En Germanie,
Où l'on condamne à mort l'humanité punie,
Catholiques ou non, tous, prêtres et pasteurs,
Prônent le sacrifice... en sacrificateurs.

« Ce qu'on prêche, dans les églises allemandes,
C'est un Christ noir, vrai fils du Satan des légendes. »

XXVI

— « La mort, dit le vieux sage, est un feu dans la nuit;
C'est dans l'obscurité, qu'une étoile éblouit;
Plus s'épaissit l'obscur, mieux on voit toute flamme;
Nuit pour la chair, la mort est lumière pour l'âme.
A peine est-il tombé, que le reître germain,

Qui marchait contre vous, torche ou fusil en main,
Mort, entre frissonnant dans la vérité même,
O France! et c'est alors toi qu'il sert, toi qu'il aime!
Mais toi, France au grand cœur, ce qui fait ton cœur fort,
C'est la fidélité de tes fils dans la mort.
Le lourd crâne carré, que surmonte une pique,
Subit aveuglément son maître satanique,
Mais, cadavre, il le juge; il maudit, plein d'horreur,
L'Antéchrist reconnu dans ce rouge empereur;
Et Guillaume le Fauve à tout moment tressaille,
Quand il passe aujourd'hui sur un champ de bataille,
Car il y voit tous les cadavres allemands,
Le suivre du regard avec des yeux tournants.
Et ce regard, où désespère l'âme humaine,
Pour lui n'a plus d'humain qu'une implacable haine.

« Le soldat français, lui, mort pour la vérité,
Ne donne à son bourreau qu'un regard contristé....

C'est alors que, sentant l'horreur de sa tuerie,
Le roi rouge, croyant mentir à Dieu, s'écrie :

— « Je ne l'ai pas voulue! »
« A ce mot, l'œil des morts
Jette des feux qui vont, comme autant de remords,
Fouiller cette âme obscure, éperdue, exécrée,
Où s'allume un enfer d'épouvante sacrée. »

XXVIII

— « Haine! mort! je n'entends que ces mots, et des pleurs!
Père! je meurs de voir tuer! »

— « Regarde ailleurs. »

— « Hélas! vieillard! devant tant d'horreurs amassées

Toutes, à tout instant, par d'autres dépassées,
Aucun de nos espoirs ne me reste certain,
Je perds le goût de vivre et le sens du destin.
Le monde entier me semble entré dans la démence.
Comme un naufragé, seul, sur une mer immense,
Désespérément nage, et cherche, autour de lui,
Une épave, un débris flottant, un point d'appui,
Et, n'en trouvant aucun, seul dans la grande houle,
Tout seul contre les flots monstrueux, — sent qu'il coule,
Je meurs à ma raison qui sombre avec ma foi.
Si tu vois un vrai point fixe, montre-le-moi,
Mais qui soit bien réel, non plus dans tes chimères.
On égorge l'enfance! on fusille les mères!
Guillaume a fait cela! le refera demain!
Et qu'un prince vivant soit ce monstre inhumain,
Sans qu'il tombe honni, dégradé par le nombre,
Devant l'inexpliqué ma raison fuit... je sombre!
Et, mourant sans honneur, vainement irrité,
Ma faiblesse me semble une complicité!

« Oh! lorsqu'on est l'esprit, la tendresse, la grâce,
La France! et reine et libre, et guerrière de race,
Riche, enviée, on a des périls à prévoir,
Et se garder au monde est le premier devoir;
Honneur du monde, on doit, plus belle d'être forte,
Abriter, au milieu d'une invincible escorte,
Ses droits et ses orgueils fièrement défendus,
Sous un dais rayonnant fait de glaives tendus.

« Sous la voûte d'acier n'être pas bien gardée,
C'est offrir aux périls l'avenir de l'Idée,
Les noblesses de l'art, les bonheurs de l'amour,
Tout ce qui rend si doux au cœur — l'éclat du jour.

« Maintenant qu'une guerre interminable gronde,
Où rencontrer, dans quel recoin du vaste monde,
Puisqu'il faut qu'on massacre ou qu'on soit massacré,

Un geste évangélique et pur, vraiment sacré,
Le Christ en acte et non en mots gonflés d'emphase?
L'heure n'est plus à l'art de cadencer la phrase;
Montre-moi, si tu peux, un héros désarmé
Qui, vrai soldat du Christ, ne veuille qu'être aimé.

« Alors, tout en foulant cette fange sanglante,
Vieillard, je pourrai croire à la victoire lente
Mais sûre, — de ce Dieu qui, mort sur un sommet,
Jamais ne nous revient et toujours se promet! »

— « Eh bien, regarde, au plein milieu de la tuerie,
Vois, penché sur les grands blessés, dont la chair crie,
L'homme de paix, qui va les guérir par l'acier,
Et dont le saint labeur est de s'apitoyer,
De vaincre la souffrance et d'exalter la vie;
Par lui, la charité, malgré tout, est servie;

Ennemi de la mort qu'il attaque en soldat,
Seul il défend l'esprit de paix, en plein combat.

« Vestale des chrétiens, près de lui, l'infirmière
Abrite, de sa main, l'amour — notre lumière.

« Et parmi les effrois, le prêtre, à leur côté,
Héroïque avec eux, sauve la charité.

« Tant que ceux-là, souvent martyrs de l'Allemagne,
Donneront aux horreurs la bonté pour compagne,
Le globe pourra voir, du zénith au nadir,
L'astre de Bethléem marcher et resplendir. »

XXIX

De hauts palmiers berçaient au vent leurs nobles palmes,
Sur les bords en gradins d'une rade aux eaux calmes.

Cela nous apparut comme un vibrant décor,
Où dominait l'azur, où resplendissait l'or.

De notre plateau nu, rocailleux et grisâtre,
Nous admirions, comme un heureux fond de théâtre,
La ville, dont les toits, les clochers et les tours,
Encerclaient cette rade aux sinueux contours.

Et le spectacle était d'une beauté parfaite.

Pourtant, dans la cité qu'on aurait crue en fête,
A qui tout souriait, mer pure et ciel serein,
Les arsenaux, battant le fer, fondant l'airain,
Travaillaient pour la mort, à l'appel de la guerre;
Mais tout semblait aussi tranquille que naguère,
D'abord par la vertu du climat souriant
Où s'annonce déjà le charme d'Orient,
Puis, parce que le cœur héroïque de France
Poursuit son rythme, en guerre, en paix, sans différence,
Et que, sûr de sa force, exalté par son droit,

Il jouit du futur triomphe — auquel il croit.

Nous avions sous nos yeux non pas un paysage,
Mais l'âme de la France aimée, — et son visage,
Tel qu'il était hier, tel qu'il sera demain,
Lorsqu'on aura chassé le cauchemar germain.

Le grand pavois flottait, triomphant par avance,
En plein ciel libre, à bord du cuirassé Provence,
Qui saluait, du bruit tonnant de son canon,
Le pays des lauriers, dont il porte le nom.

Dans la montagne et les gorges les plus profondes,
Ce tonnerre, en échos, roulait par larges ondes,
Sans qu'on vît, même au loin, un nuage orageux.

Cachée, et s'exerçant à ses terribles jeux,
La mitrailleuse, exacte à scander ses rafales,
Soufflait ce bruit que fait la mer, par intervalles,
En roulant des galets qui se choquent entre eux.

Dans l'air pur, tout fleuri de pavillons nombreux,
De blancs oiseaux marins, les ailes toutes grandes,
Entrelaçaient leurs vols en vivantes guirlandes,
Sur cet éden réel, sur ce rêve enchanté.

Et, devant ces splendeurs de suprême beauté,
Le Mage s'écria :

— « France, celte et latine,
A tous les beaux destins ta beauté te destine !

« O France ! tu vaincras tes fauves ennemis.
Ton triomphe certain commence ; il est promis ;
Car il faut que le monde aille vers la lumière,
Et c'est toi, vers l'amour, qui marches la première !

« L'esprit germain est lourd, comme matériel,
Et le tien est ailé comme l'oiseau du ciel.

« O France ! tu vaincras, car le monde veut vivre.
La terre entière attend le verbe qui délivre,
Et qu'il soit esprit libre ou sentiment chrétien,
Le grand verbe d'amour sur terre, c'est le tien. »

Entre ciel et mer, blanc, ses deux ailes tendues,

Un hydroavion, roi des deux étendues,

Planait, — et, pour nos cœurs, en ce siècle d'effrois,

Moderne labarum, figurait une croix.

XXX

La vision fondit comme un reflet sous l'onde.

Et nous étions tous deux, seuls, au sommet du monde.

Le bruit sourd du canon lointain, à temps égaux,
Ébranlait la montagne en frappant les échos :
On eût dit le marteau d'un Titan dans sa forge.

Auprès de nous, chantait un petit rouge-gorge;
Sous la croix, sur ce haut désert plat, rocailleux,
Il s'attaquait du bec aux dards des chardons bleus.

XXXI

Et l'univers n'était, sous nos yeux, qu'une plaine.

Tel, au pied de la croix, Jean, près de Magdeleine,
Le vieillard, sur le haut crucifix vermoulu,
S'appuya, cette fois dans un geste voulu.
Il mourait, et cherchait cet appui de son âme.

Et de ses yeux sa foi jaillit comme une flamme;
Il sembla qu'elle allait allumer tout là-bas
Des renouveaux d'espoir aux cœurs de nos soldats;

Et l'on eût dit, au front du Sinaï, Moïse
Lançant des feux lointains sur la Terre Promise,
Et certain que les fils d'Israël la verront.
Ses cheveux au soleil irradiaient son front;
Sa barbe ruisselait dans le vent comme un fleuve;
Et ses yeux contemplaient une humanité neuve,
Préparée, à travers tant de siècles éteints,
Par tous les rêves purs qu'on n'a jamais atteints.

O Terre de l'amour! éternelle espérée!

Or, sous la Croix, qui me parut démesurée,

Le vieillard, tout à coup, en murmurant : « Je vois! »
Tomba. Tout s'éteignit en lui, regards et voix....

Et la Croix, sous mes yeux, parut grandir encore.

Midi, plus rayonnant, mais plus frais qu'une aurore,
Frappait d'aplomb sur nous et sur le Crucifix;
Le Dieu mort promettait le triomphe à ses fils :
Sur ses bras grands ouverts tombait tant de lumière,
Que leur ombre enlaçait la terre tout entière.

ACHEVÉ D'IMPRIMER

SUR LES PRESSES DE L'IMPRIMERIE LAHURE

LE 10 MARS 1916

A LA MÊME LIBRAIRIE

www.ingramcontent.com/pod-product-compliance
Ingram Content Group UK Ltd.
Pitfield, Milton Keynes, MK11 3LW, UK
UKHW012222240726
13966UKWH00003B/902

9 782012 954847